SUPERHERO ACTIVITY BOOK

FOR KIDS AGES 3-8

This Book Belongs to

_____

COPYRIGHT©ZAGS PRESS ALL RIGHTS RESERVED.

```
K Q C S C A J G D E N L S Q F R
P X P I R D B N H N Z A G T N H
M Z B G S O Z T N E Y O M F K P
Q C O M I C S T R I P X F T K K
G T V Q Y N I A L L I V J S F P
D D E Q U U W D R F C B U E O J
R O A F I P S E E Y H P J Q R R
N U Q Y G M R C Y A E V U H S O
O Q D P K O I Z T R C Y O C X I
H O H E R O K Z N R W T A Q T
R C O Z S F G I F I M A Y R C C
K Q N R A V L H J U A X O T S I
A R M Z C L D P W R N K Q O O F
A L Q Y A I K Q Y K G N H O U W
M R C I Z G S W Y H A L C N K G
X W N N Y O T Y U Q J L I E C E
```

COMIC STRIP
SUPERVILLAIN
HERO
MANGA
VILLAIN
CARTOON
FICTION

Color and cut the image below

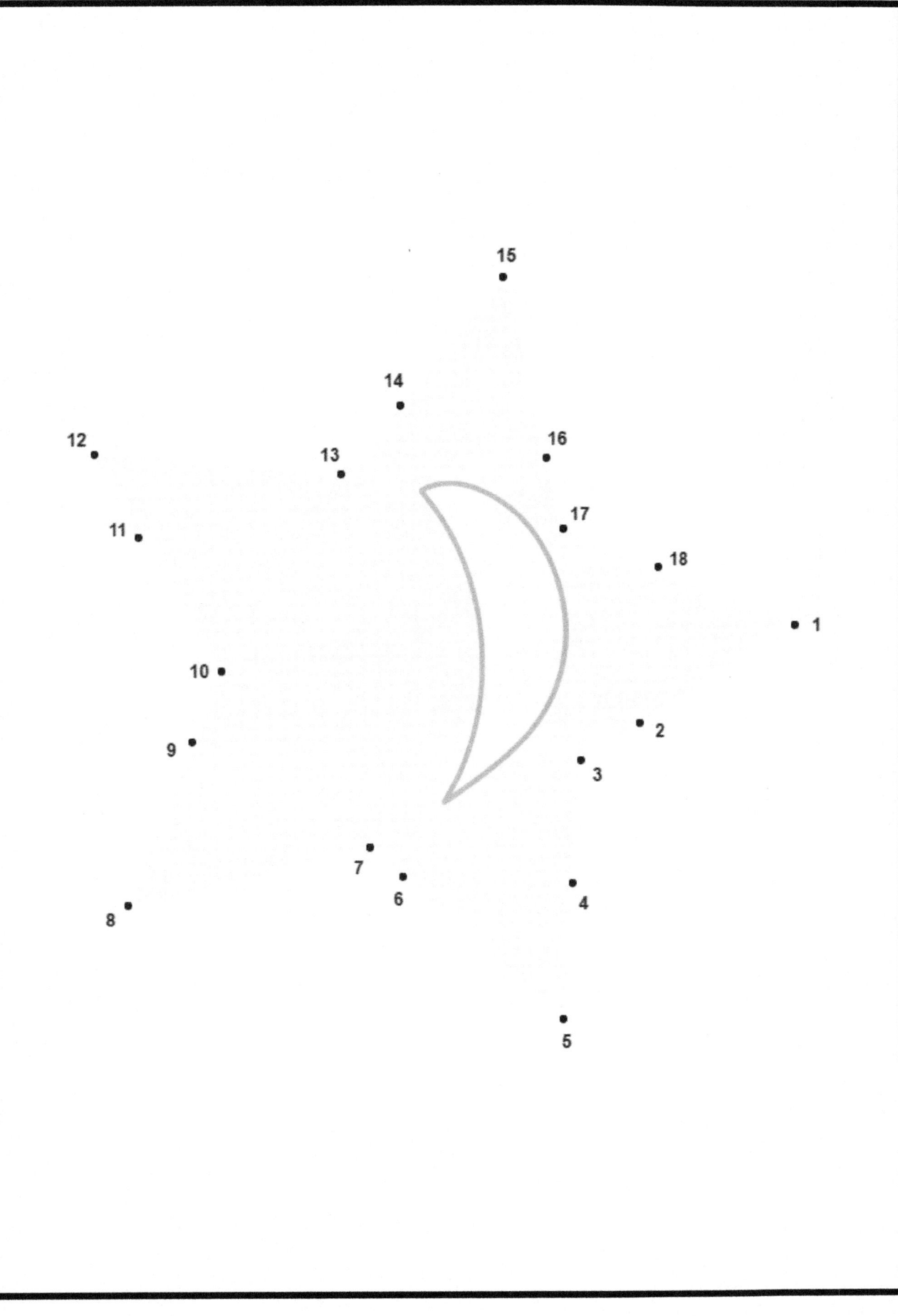

```
T S J I Q Z R E O O R T V N C
R N S Q U W S N T O K E V L Z A
L O U W U O E I M S J C S H H B
K O B P K R T O Q J W H P Y X G
U T V K E N R H S P N O W L R
E F C F I J A E P Z Z O R U O K
W U C D E N L H V T F L K B F I
D R X G P I I F F I J O L B C W
G T F A S B G Y S R X G C H A E
K E A V P C I O F I U Y I U R P
B V N W B I V I T P T P A P C I
S S B F U G V S D S E F K L H
S E O F I A E D P T O N Y Y U B
R S Y G O M I E K F I T N X V Z
A E V D U Z W R I P G D H M O J
I V I I T W O F M O L W W J J L
```

TECHNOLOGY
MAGIC
SPIRIT
VIGILANTES
HEROINE
TOONS
FANBOY

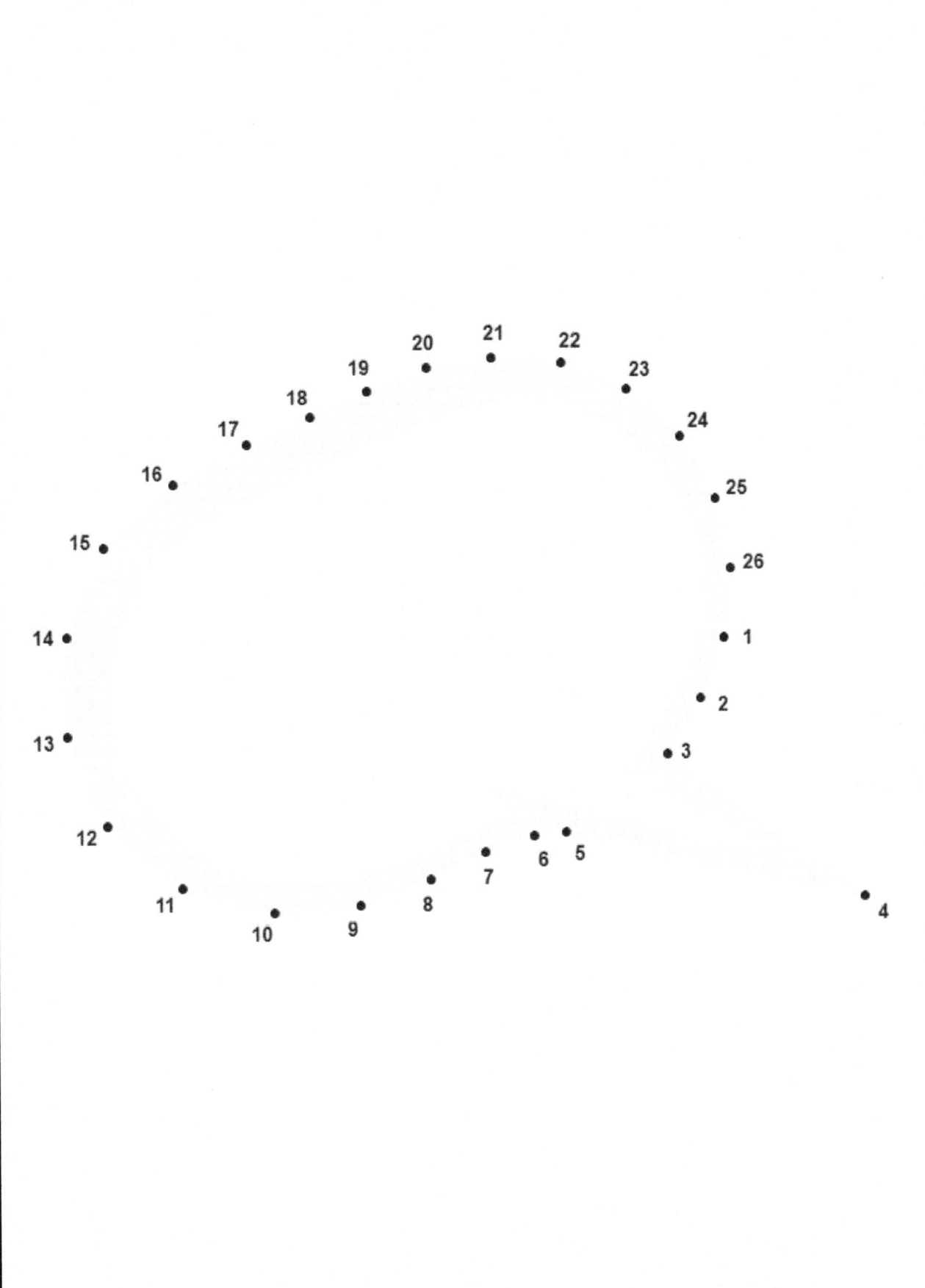

Which image is the odd one out?

ISPY

How many do you see?

```
B Q R X V L N S F O W Y P G R D
K Y E D K M F R J Z F U A R P X
T R S O H S D V K T U Y R H A M
L C I A T S Z Z Y D V N U J N W
M N K F T B G R U G A O J U E U
N Q X O L N X B K W Y Y E M A C
M R E W O P A Q D C W Q A X D Q
D M Z D D B T F Q J O O S U V S
O G U O D C C Q K S P O R U E J
W W C L R G Z I R I R U O F N A
R B H J U N B R M L M L Z N T I
W E X P M N J P Z O Q K V T U X
M F P F E D V Y H Z C I T P R D
A U L U T H R X M W I S A C E W
S P G X S I Z N D A Z K F R R M
K P W U I P V I G I L A N T E O
```

COMIC BOOK
ADVENTURE
VIGILANTE
FANTASY
SUPER
POWER
MASK

ZAGS
PRESS

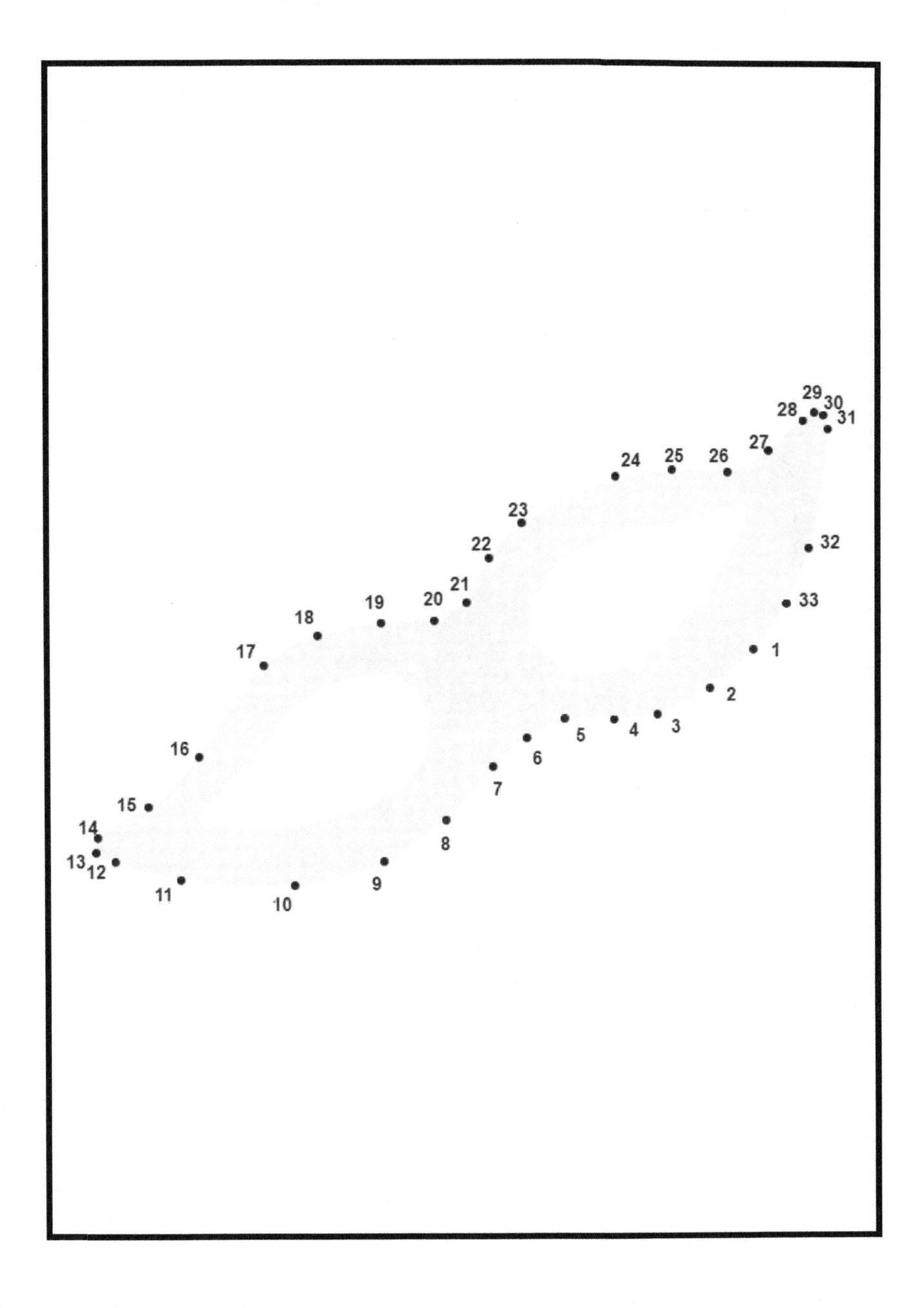

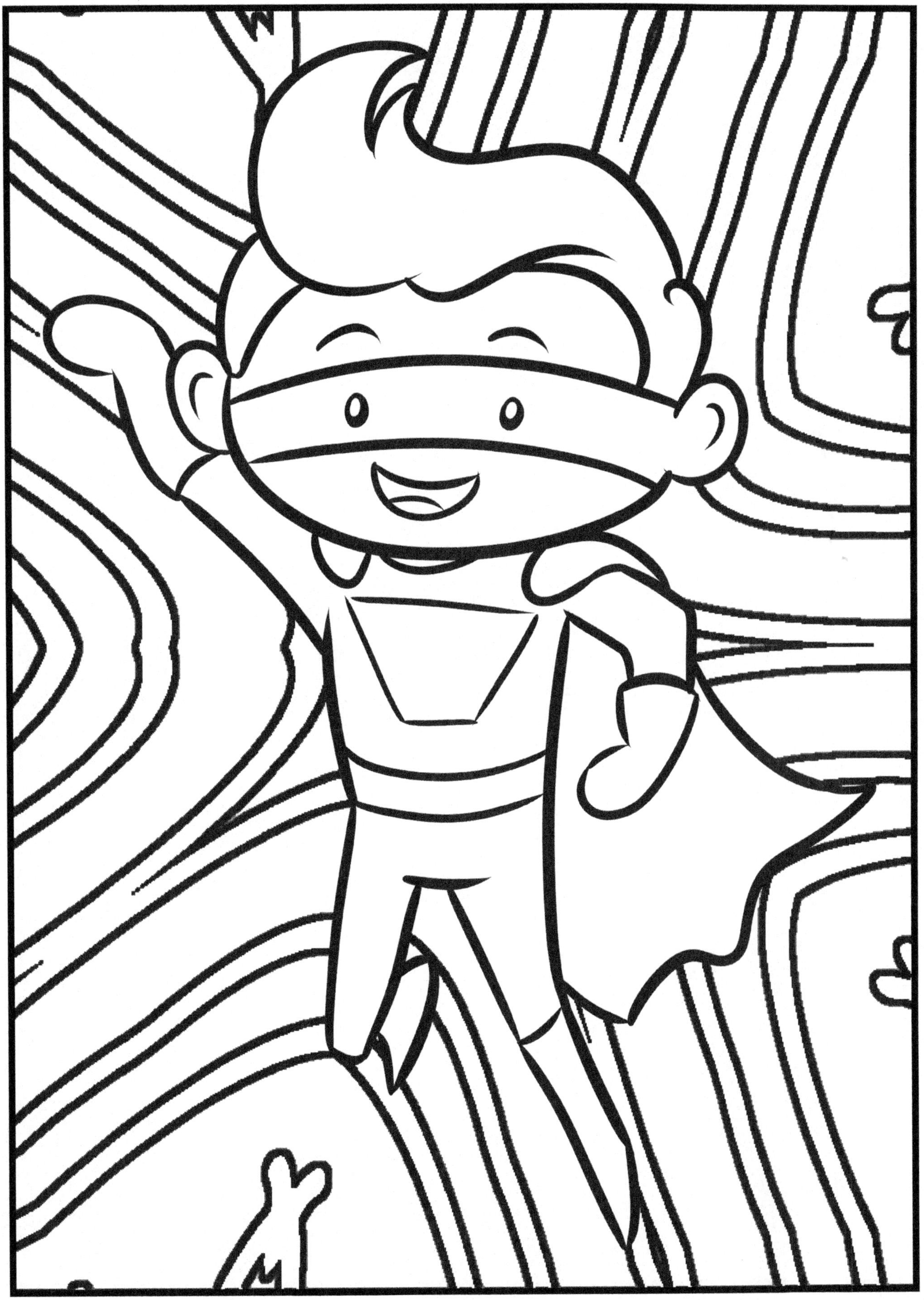

ZAGS
PRESS

Which image is the odd one out?

ZAGS PRESS

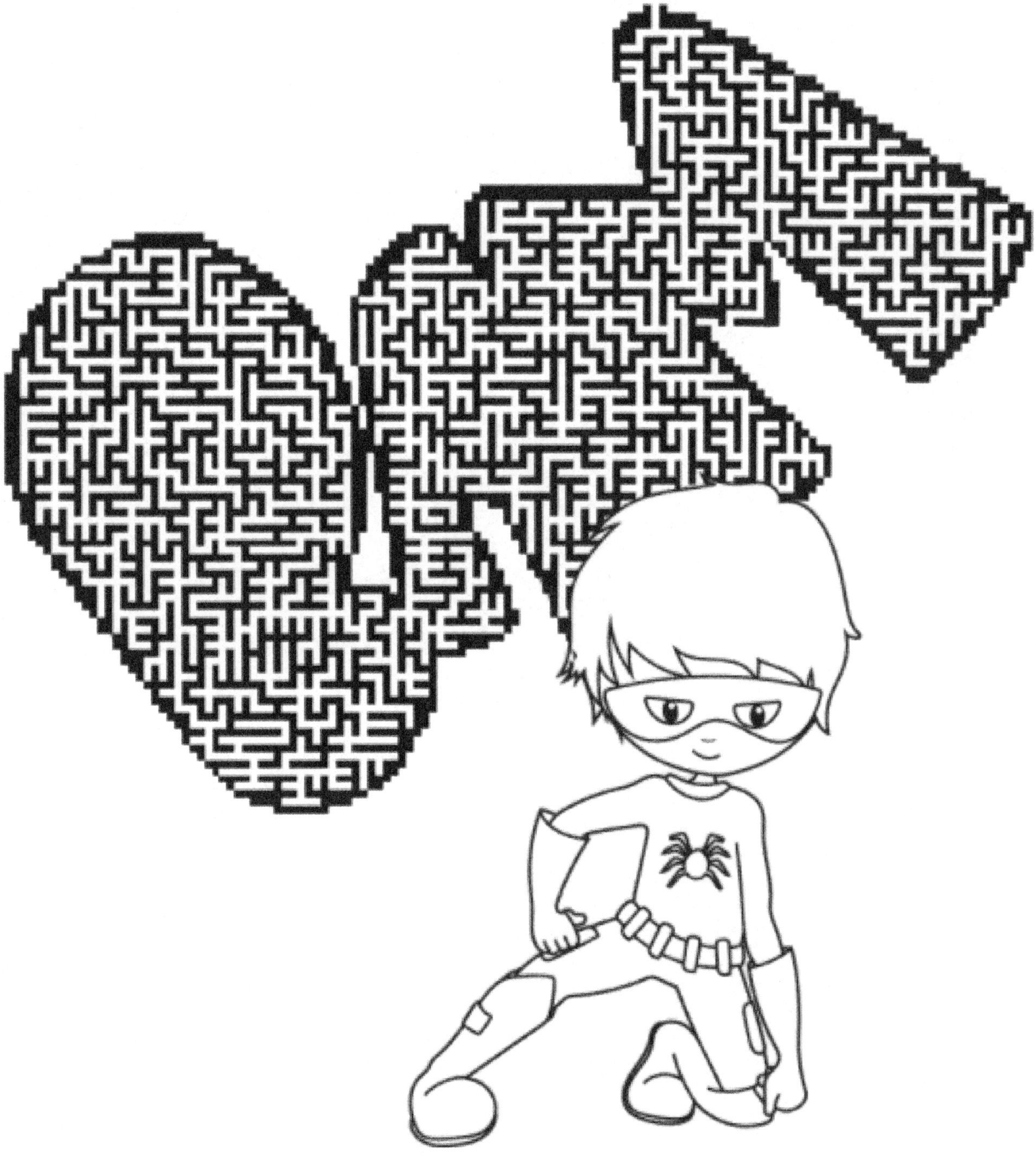

ZAGS
PRESS

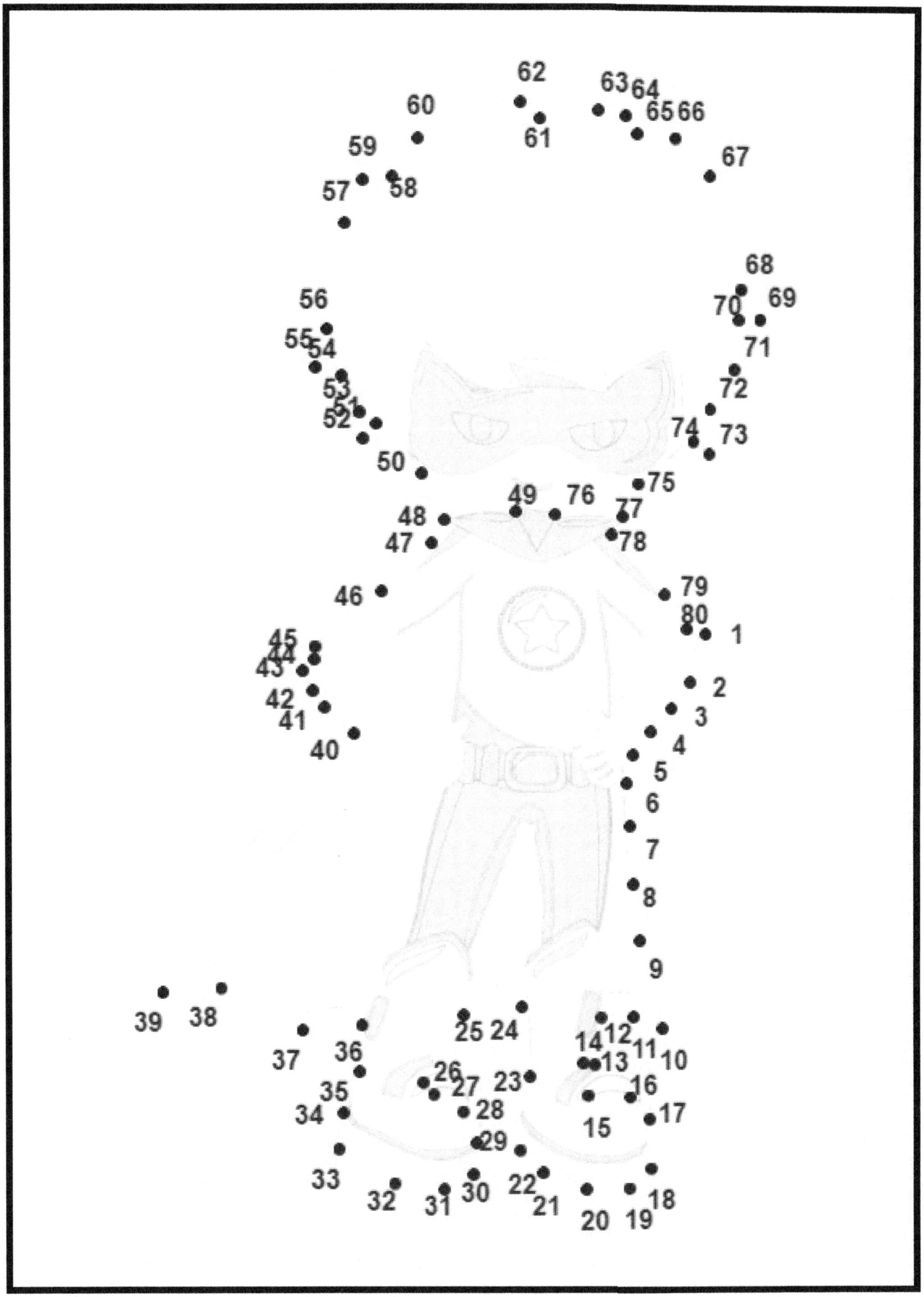
1 2 3 4 5 6 7 8 9 10 11 12 13 14 15 16 17 18 19 20 21 22 23 24 25 26 27 28 29 30 31 32 33 34 35 36 37 38 39 40 41 42 43 44 45 46 47 48 49 50 51 52 53 54 55 56 57 58 59 60 61 62 63 64 65 66 67 68 69 70 71 72 73 74 75 76 77 78 79 80

ZAGS
PRESS

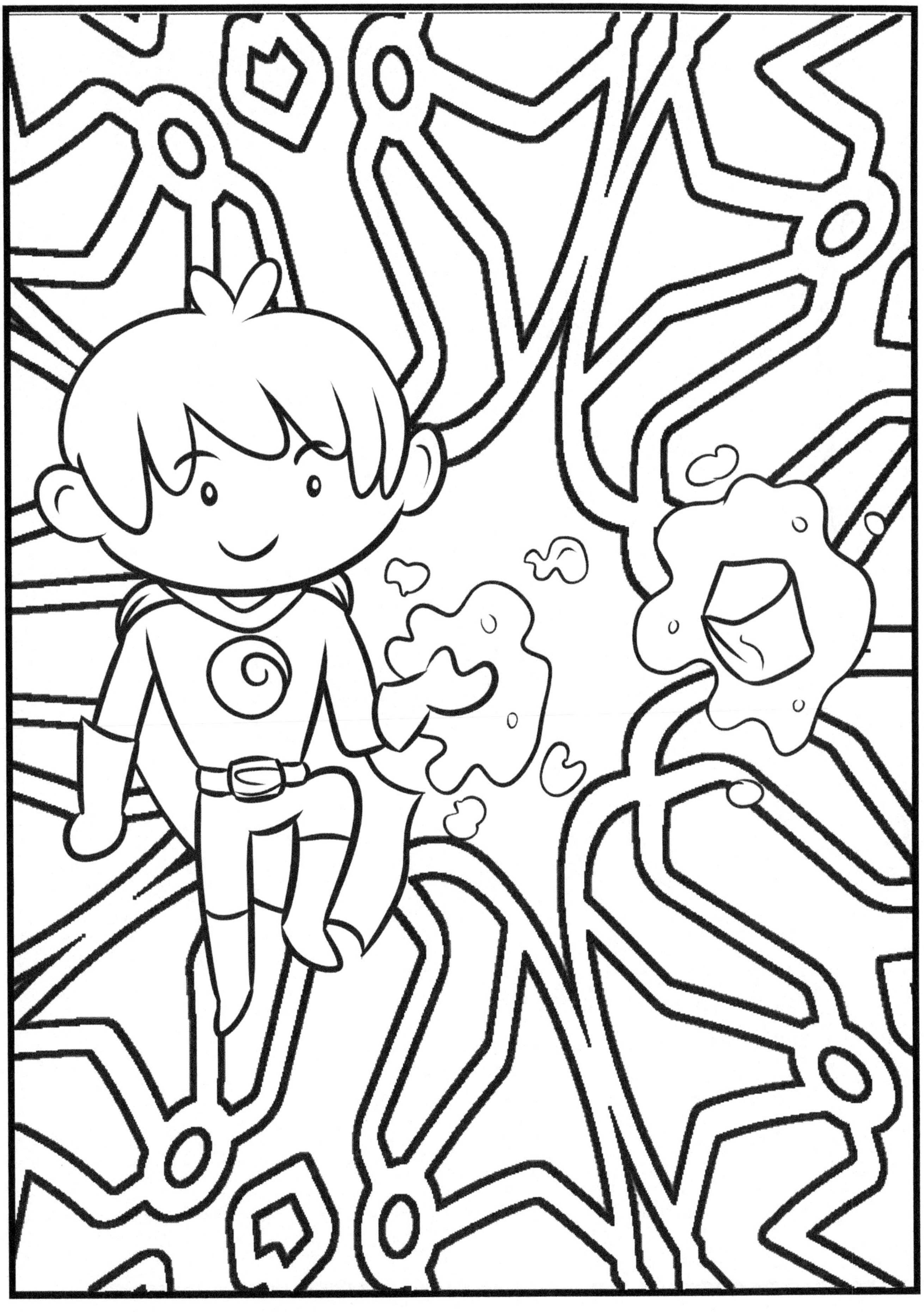

ZAGS
PRESS

Color and cut the image below

ZAGS
PRESS

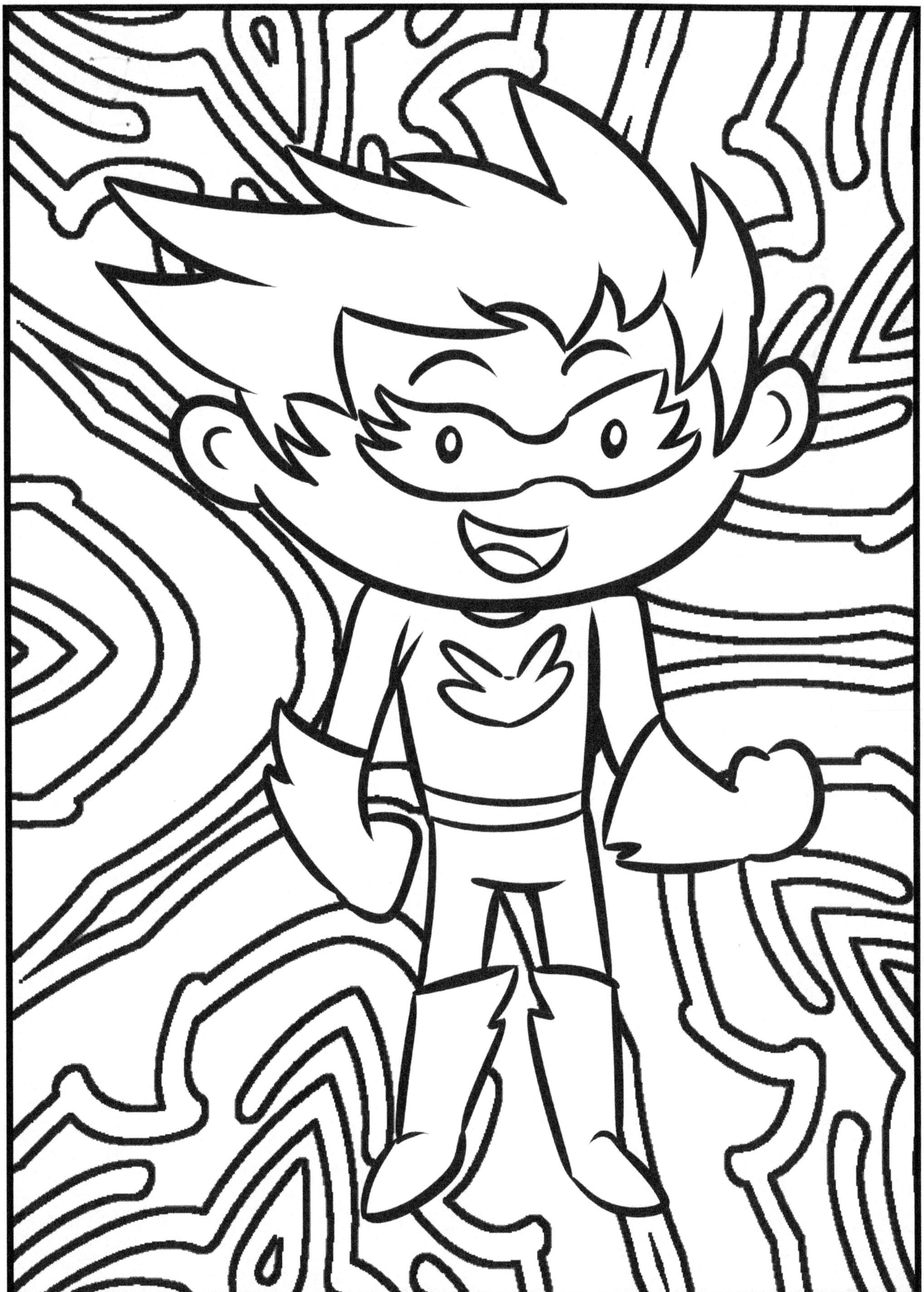

ZAGS
PRESS

ISPY

How many do you see?

ZAGS PRESS

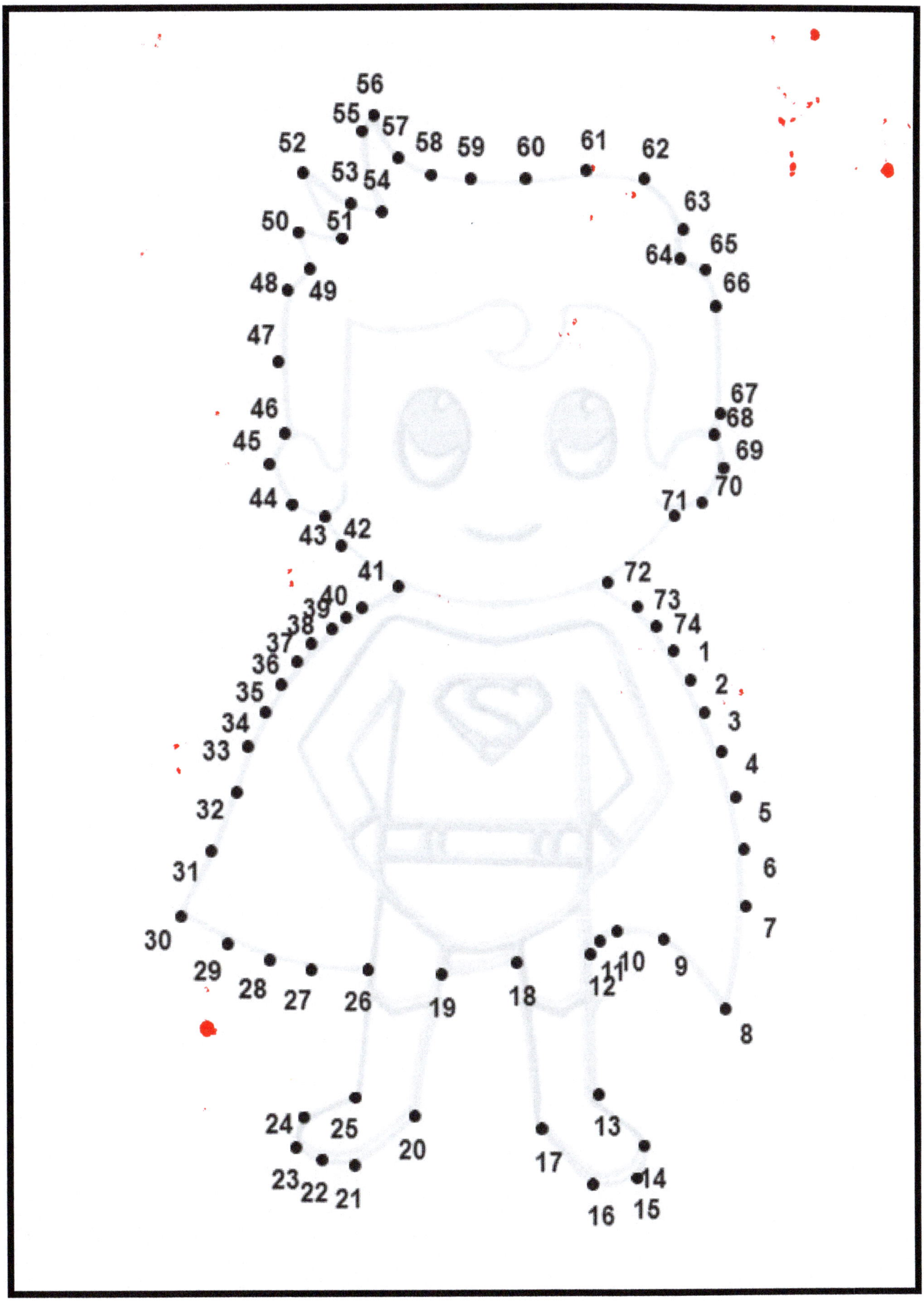

*ZAGS
PRESS

```
P D W I M R B I Z C W I M F I F
L S B W V B F U C I B L A M S Q
S J X W B Y K J I E O G O T E Z
U N P Q A X E E B X N N A X C K
P A Q R Z Q Q E P G D I U S L V
E M Y X E I R Z C Z X T A T F G
R U Z Q B T A Y T K Y F Q U U H
N H L I X W S M M O T I D T S C
A R T E U V N N X P J H S U J K
T E E V A R B Y O E U S U B A W
U P W F S E K W R M C E J P P V
R U H H G Y F E S N B P J T D I
A S G R X K T N P X Z A D E E R
L E U Z Z J X X G I H H A P I I
E K O U M C X N T K F S Q G R U
R O I R R A W J D T K Y U T V I
```

SUPERNATURAL
BOND
MONSTER
SUPERHUMAN
WARRIOR
SHAPESHIFTING
BRAVE

ZAGS
PRESS

Color and cut the image below

ZAGS
PRESS

Color, cut, and create your hero

ZAGS
PRESS

ISPY

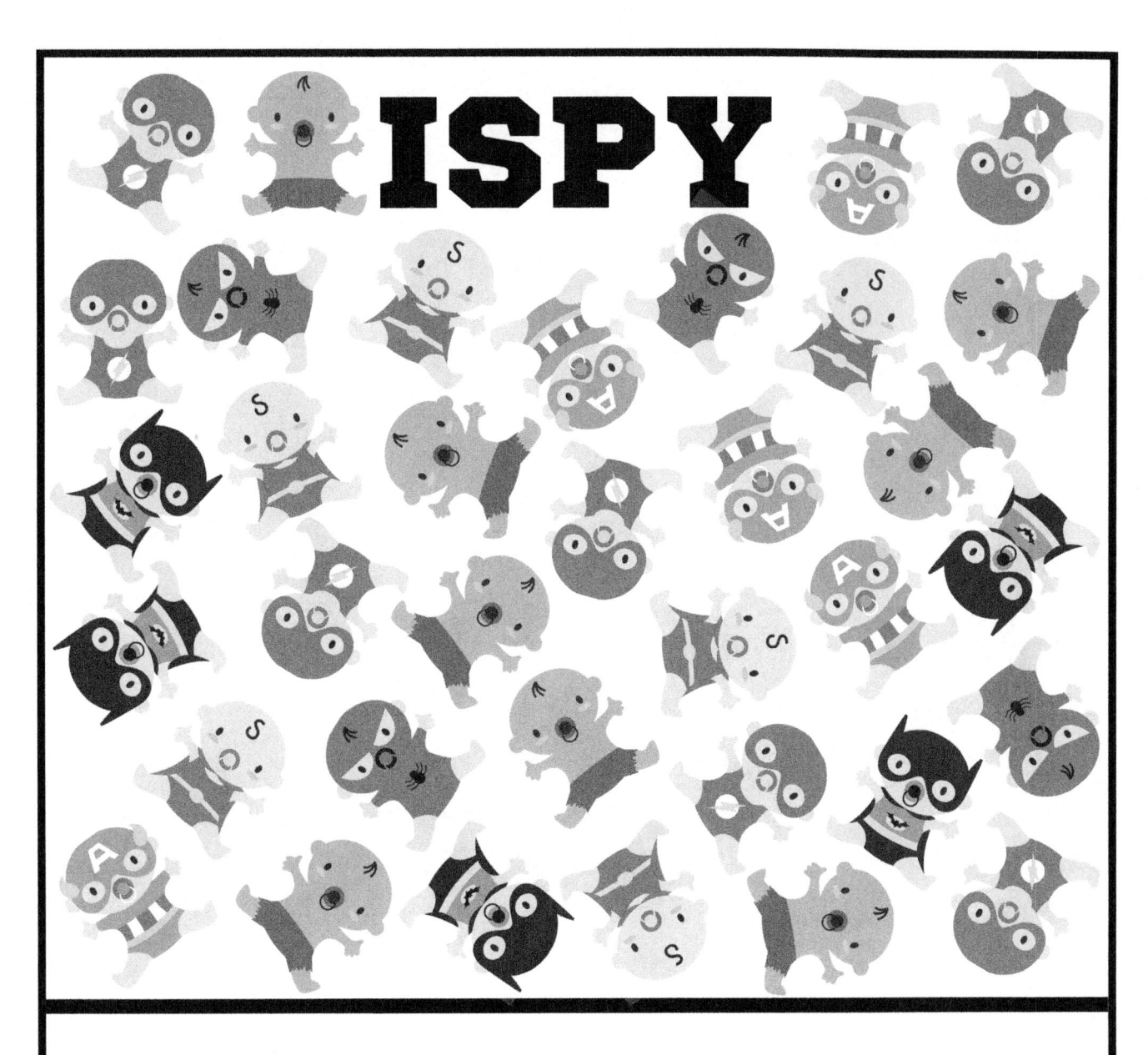

How many do you see?

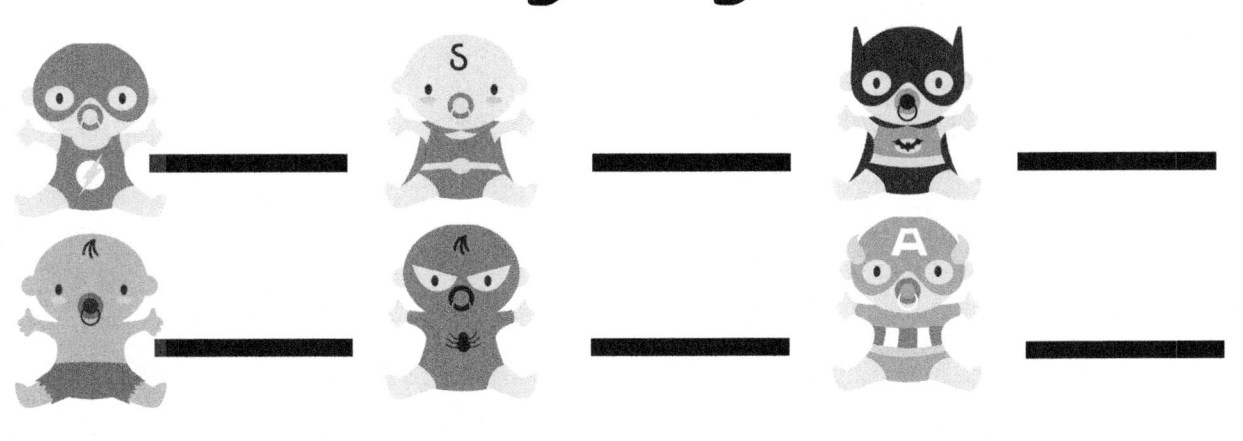

ZAGS
PRESS

Color, cut, and create your hero

ZAGS
PRESS

Which image is the odd one out?

ZAGS
PRESS

```
Q V S T F Z J C E C Q B I U S W
U Y V M W U C Y S X U D W C S M
S U G I H T W P A T N P V R J S
U A S L L Z W U V D O F O B S B
O U J I C T K S I R G T Y U M T
L M D E H G W I O S C U I T S T
E W Y Y D I I P R E S J U Y W Y
V I V T N O W X T N O O C R D P
R Y N D O Z A O N P V I H R R E
A Z O I B I R W M B T Z L G J G
M C W H L P U F J S O F D R J D
C W Y X E S F P A E G L M M J I
A H G G B R N T H O K L D Y M E
P T C C M H N Q B V Y U H W Y X
E M B D K A U R M A N N P M Z V
H G U S F C D C V T P O F S F X
```

SAVIOR
CAPE
PROTECTOR
NOBLE
FANTASTIC
MARVELOUS
BOLD

ZAGS
PRESS

Color, cut, and create your hero

ZAGS PRESS

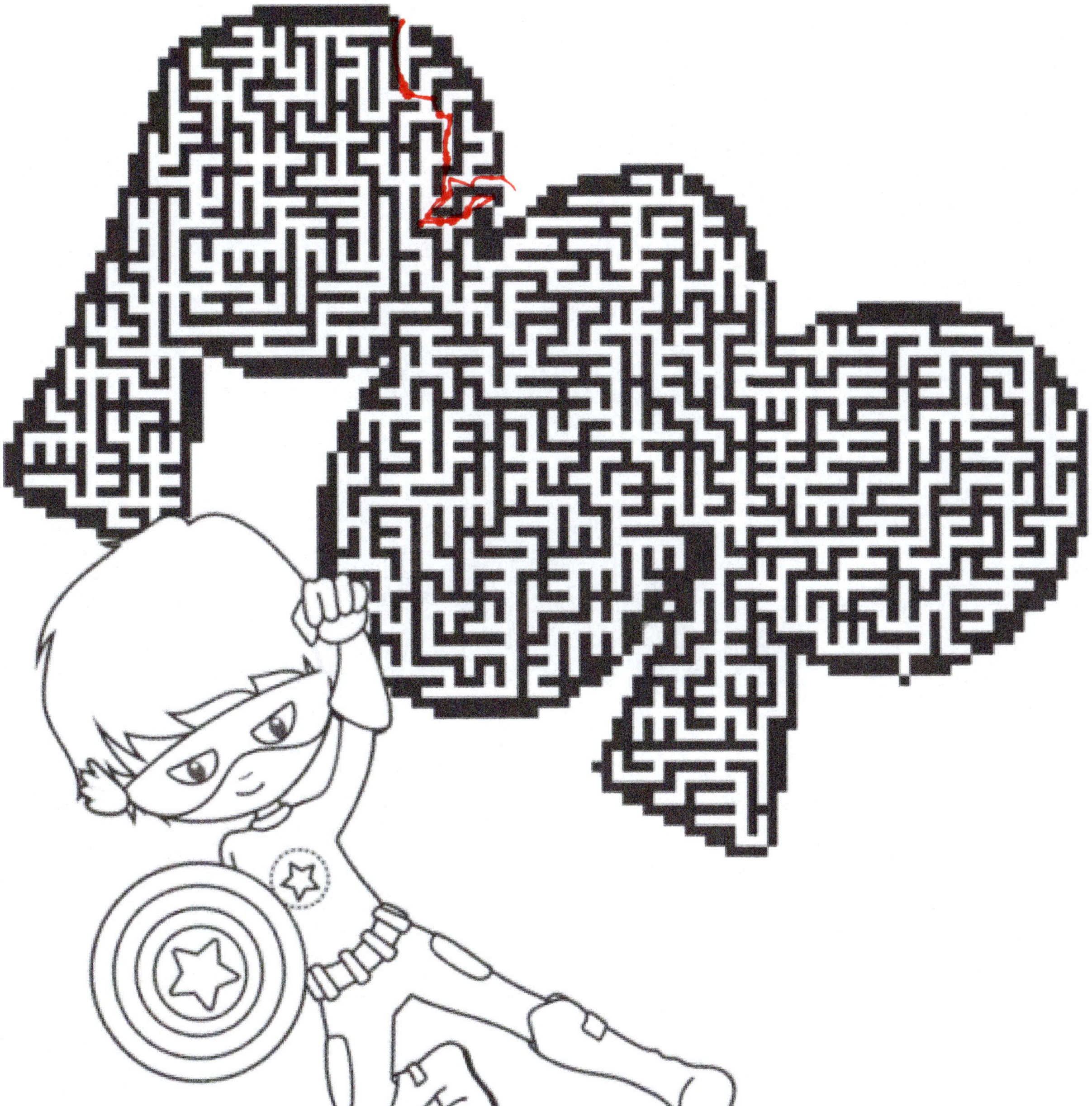

ZAGS
PRESS

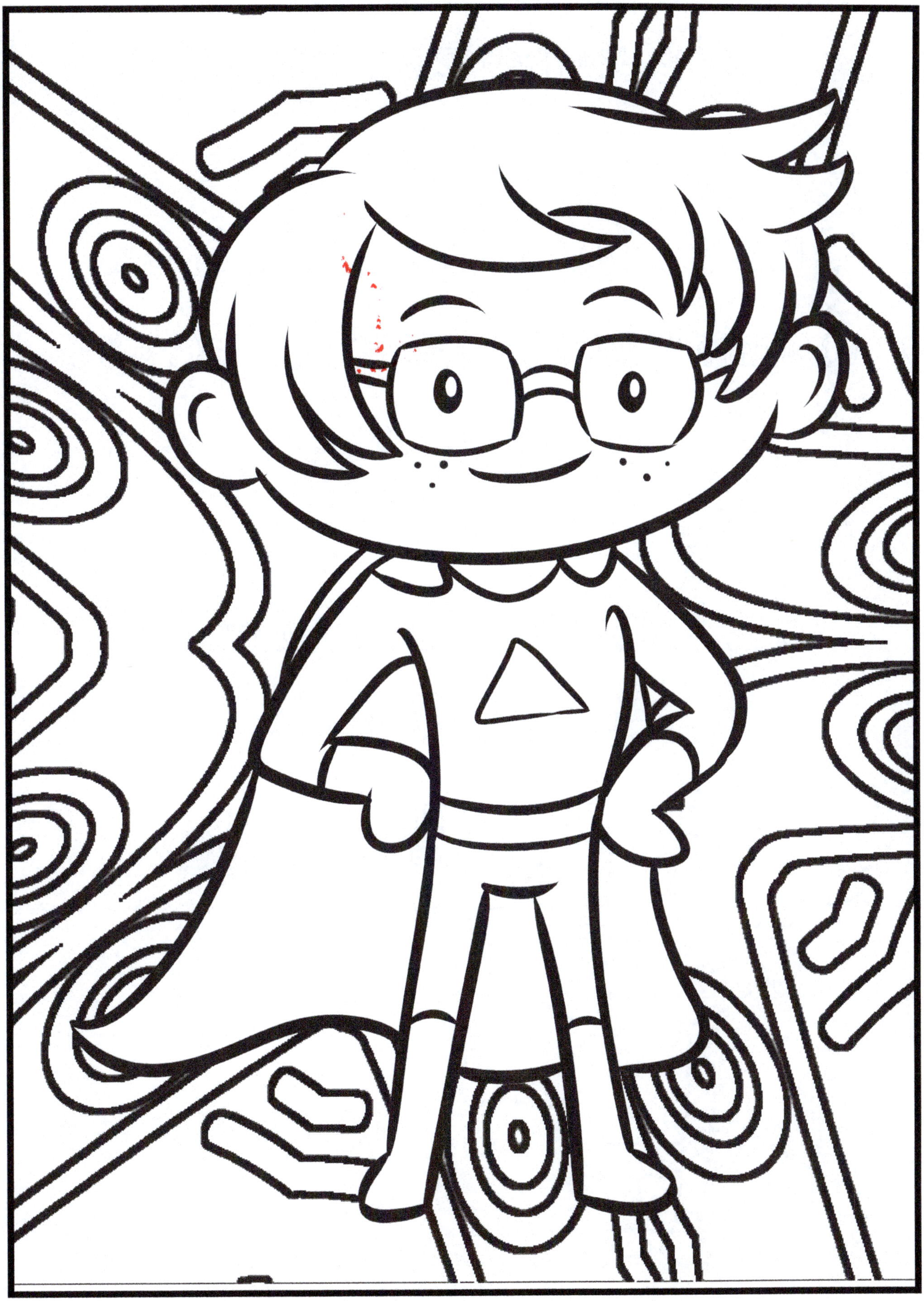

I hope you have enjoyed this Activity book.
i have a favor to ask you and it would mean the world for me as a publisher.
would you be kind enough to leave this book a review on amazon review page.

Thank you!

SCAN ME

Hello there!

If you Have enjoyed this Activity book and want more, I have a little surprise for you. Scan the QR code to claim your bonus!.

ZAGS
PRESS

MAZE
Solutions

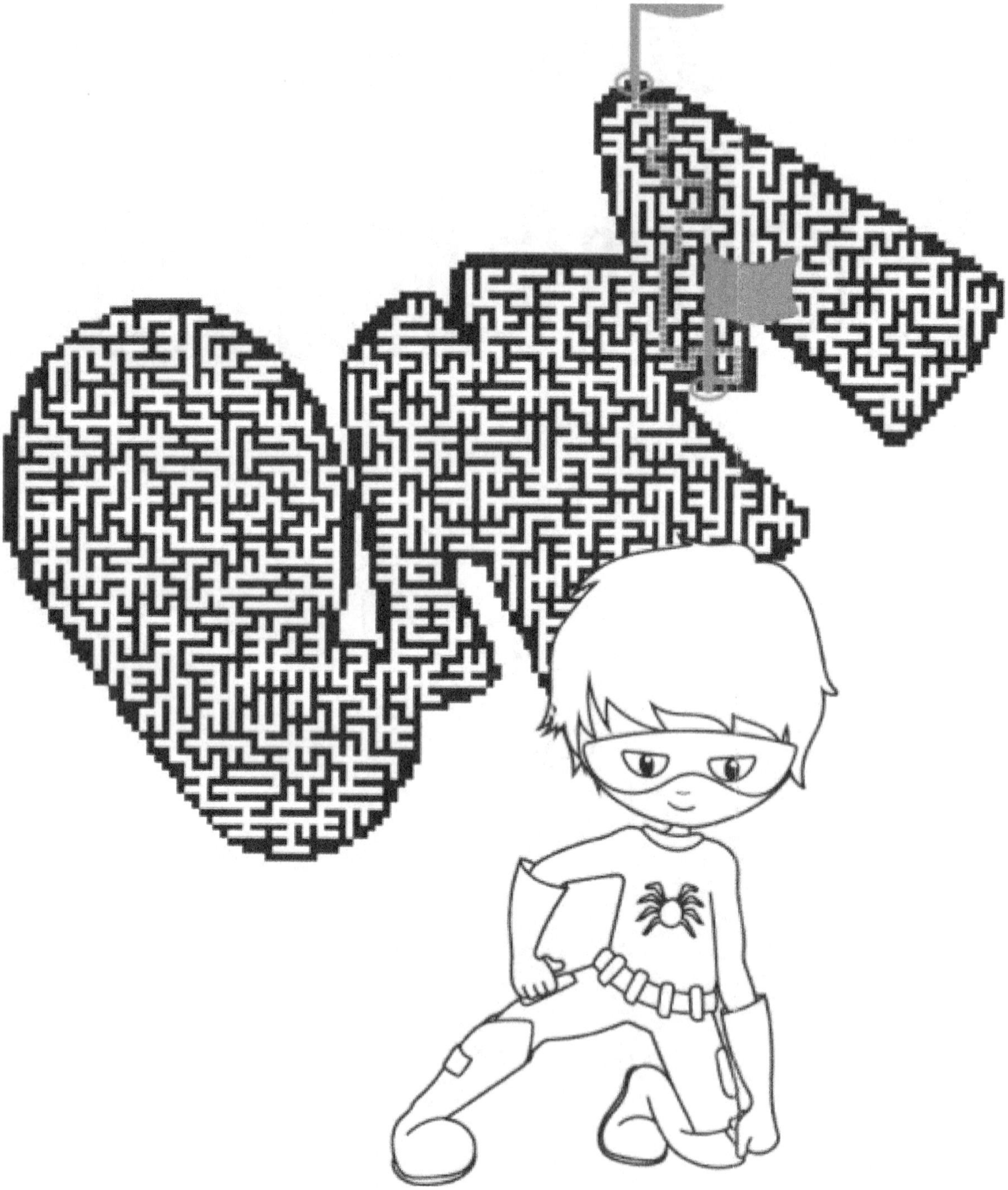

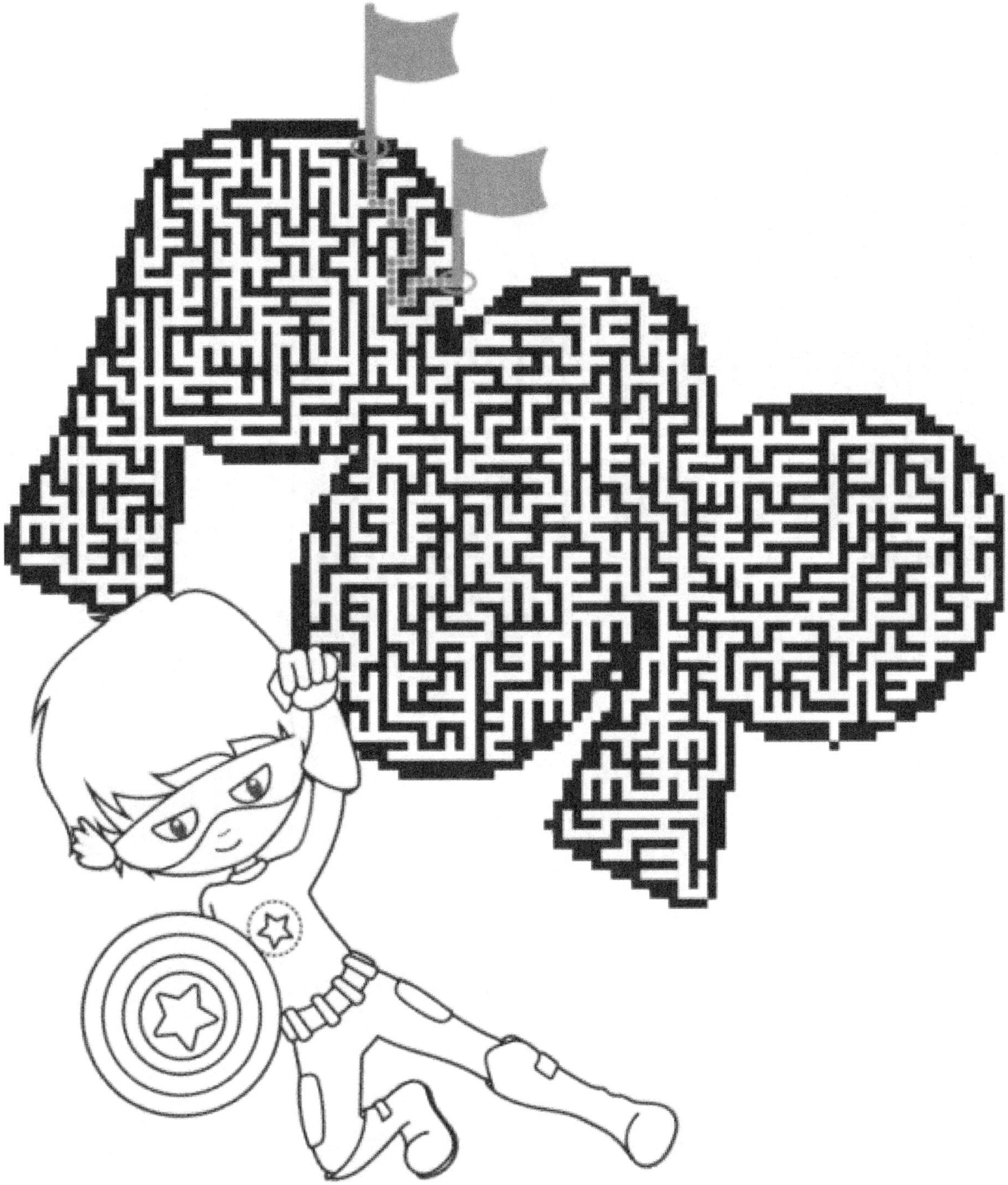

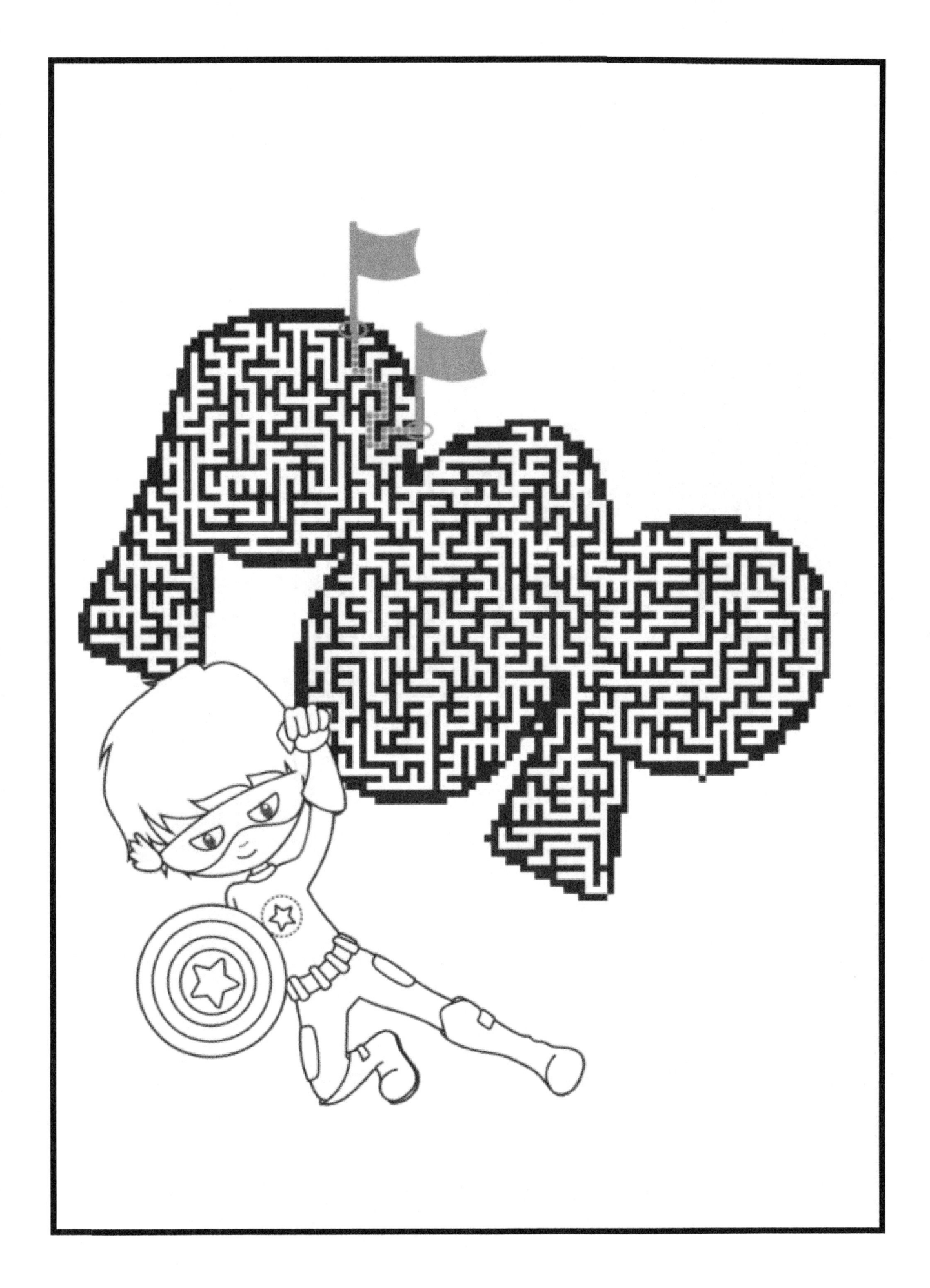

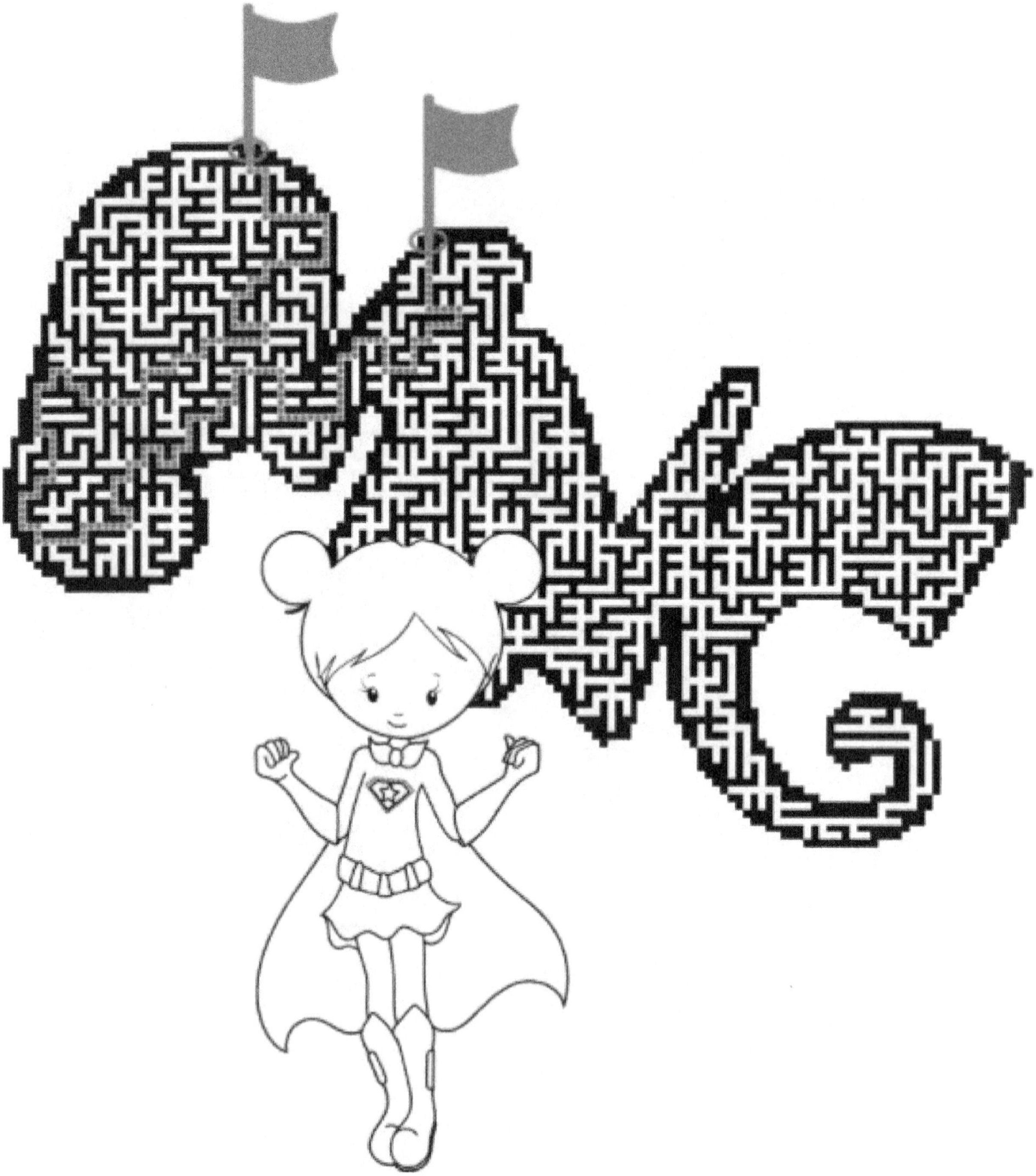

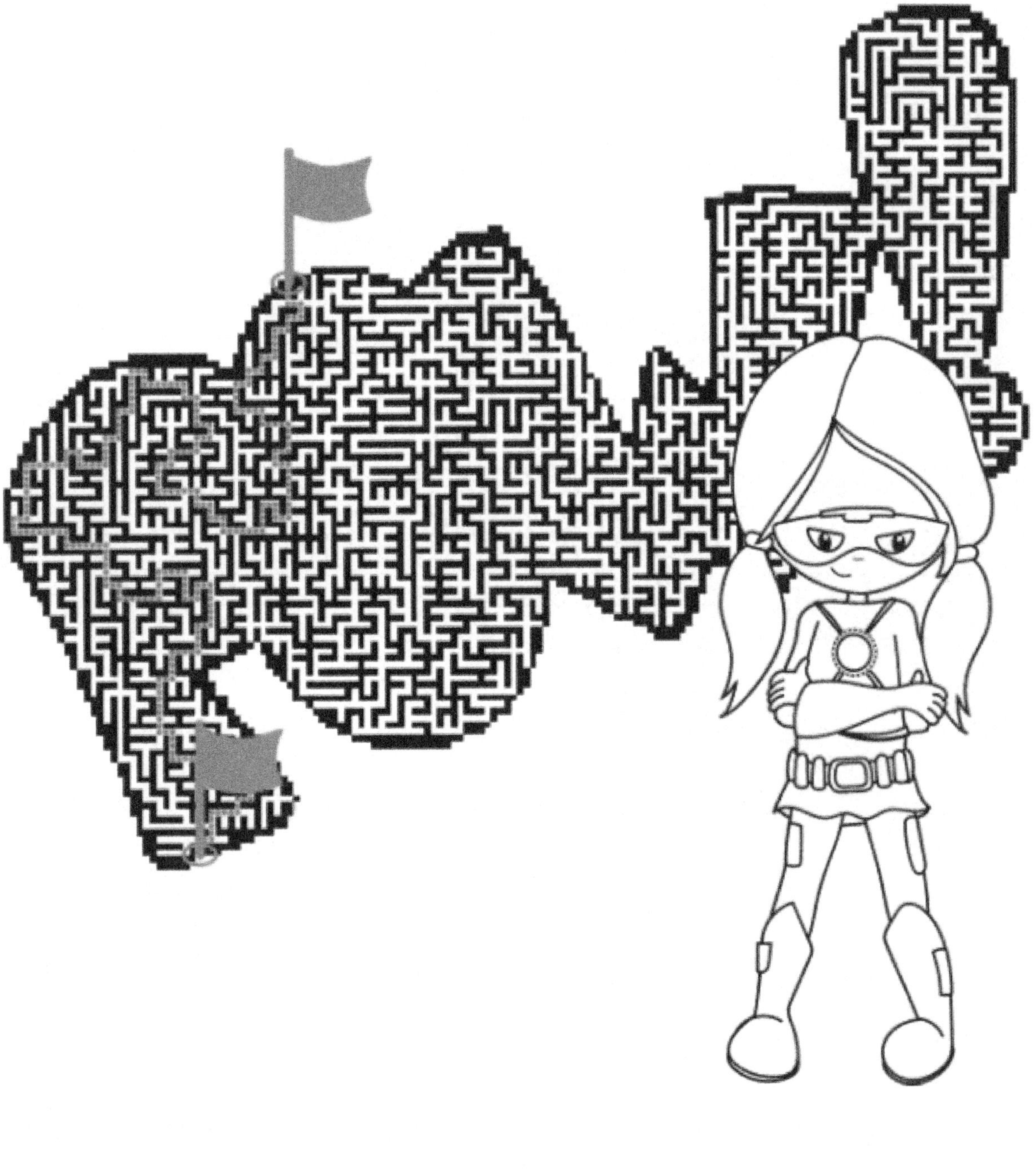

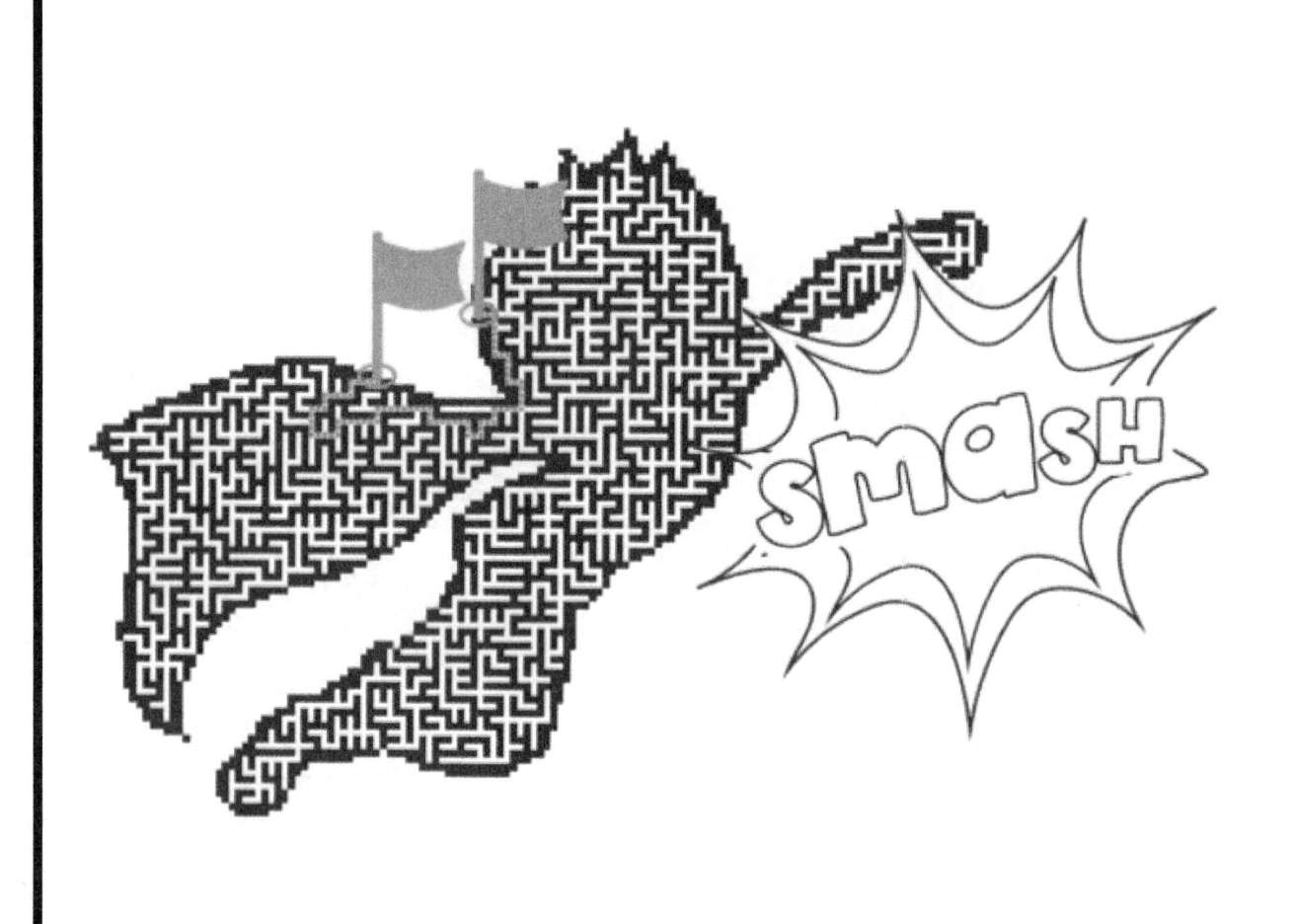
SMASH

Odd one out

Solutions

Which image is the odd one out?

Which image is the odd one out?

Which image is the odd one out?

ISPY

BOOM

Solutions

ISPY

How many do you see?

WHOOSH __9__	BAM! __5__	BOOM! __4__
ZAP! __7__	ZING! __6__	POW! __3__

ISPY

How many do you see?

5	5	7
8	9	4

ISPY

How many do you see?

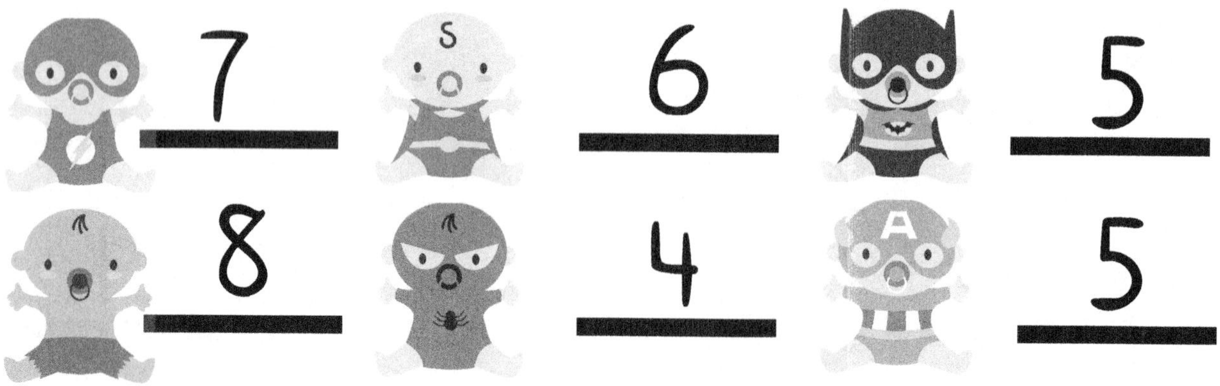

- 7
- 6
- 5
- 8
- 4
- 5

Word Search Solutions

K	Q	C	S	C	A	J	G	D	E	N	L	S	Q	F	R
P	X	P	I	R	D	B	N	H	N	Z	A	G	T	N	H
M	Z	B	G	S	O	Z	T	N	E	Y	O	M	F	K	P
Q	C	O	M	I	C	S	T	R	I	P	X	F	T	K	K
G	T	V	Q	Y	N	I	A	L	L	I	V	J	S	F	P
D	D	E	Q	U	U	W	D	R	F	C	B	U	E	O	J
R	O	A	F	I	P	S	E	E	Y	H	P	J	Q	R	N
N	U	Q	Y	G	M	R	C	Y	A	E	V	U	H	S	O
O	Q	D	P	K	O	I	Z	T	R	C	Y	O	C	X	I
H	O	H	E	R	O	K	Z	V	N	R	W	T	A	Q	T
R	C	O	Z	S	F	G	I	F	I	M	A	Y	R	C	C
K	Q	N	R	A	V	L	H	J	U	A	X	O	T	S	I
A	R	M	Z	C	L	D	P	W	R	N	K	Q	O	O	F
A	L	Q	Y	A	I	K	Q	Y	K	G	N	H	O	U	W
M	R	C	I	Z	G	S	W	Y	H	A	L	C	N	K	G
X	W	N	N	Y	O	T	Y	U	Q	J	L	I	E	C	E

T	S	J	I	Q	Z	R	E	O	O	R	T	V	N	C	L
R	N	S	Q	U	W	S	N	T	O	K	E	V	L	Z	A
L	O	U	W	U	O	E	I	M	S	J	C	S	H	H	B
K	O	B	P	K	R	T	O	Q	J	W	H	P	Y	X	G
U	T	V	K	S	E	N	R	H	S	P	N	O	W	L	R
E	F	C	F	I	J	A	E	P	Z	Z	O	R	U	O	K
W	U	C	D	E	N	L	H	V	T	F	L	K	B	F	I
D	R	X	G	P	I	I	F	F	I	J	O	L	B	C	W
G	T	F	A	S	B	G	Y	S	R	X	G	C	H	A	E
K	E	A	V	P	C	I	O	F	I	U	Y	I	U	R	P
B	V	N	W	B	I	V	I	T	P	T	P	A	P	C	I
S	S	B	F	U	G	V	S	D	S	E	F	K	P	L	H
S	E	O	F	I	A	E	D	P	T	O	N	Y	Y	U	B
R	S	Y	G	O	M	I	E	K	F	I	T	N	X	V	Z
A	E	V	D	U	Z	W	R	I	P	G	D	H	M	O	J
I	V	I	I	T	W	O	F	M	O	L	W	W	J	J	L

```
B Q R X V L N S F O W Y P G R D
K Y E D K M F R J Z C F U A R P X
T R S O H S D V K T U Y R H A M
L C I A T S Z Z Y D V N U H N W
M N K F T B G R U G A O J U E U
N Q X O L N X B K W Y Y E M A C
M R E W O P A Q D C W Q A X D Q
D M Z D D B T F Q J O O S U V S
O G U O D C C Q K S P O R U E J
W W C L R G Z I R I R U O F N A
R B H J U N B R M L M L Z N T I
W E X P M N J P Z O Q K V T U X
M F P F E D V Y H Z C I T P R D
A U L U T H R X M W I S A C E W
S P G X S I Z N D A Z K F R R M
K P W U I P V I G I L A N T E O
```

P	D	W	I	M	R	B	I	Z	C	W	I	M	F	I	F
L	S	B	W	V	B	F	U	C	I	B	L	A	M	S	Q
S	J	X	W	B	Y	K	J	I	E	O	G	O	T	E	Z
U	N	P	Q	A	X	E	E	B	X	N	N	A	X	C	K
P	A	Q	R	Z	Q	Q	E	P	G	D	I	U	S	L	V
E	M	Y	X	E	I	R	Z	C	Z	X	T	A	T	F	G
R	U	Z	Q	B	T	A	Y	T	K	Y	F	Q	U	U	H
N	H	L	I	X	W	S	M	M	O	T	I	D	T	S	C
A	R	T	E	U	V	N	N	X	P	J	H	S	U	J	K
T	E	E	V	A	R	B	Y	O	E	U	S	U	B	A	W
U	P	W	F	S	E	K	W	R	M	C	E	J	P	P	V
R	U	H	H	G	Y	F	E	S	N	B	P	J	T	D	I
A	S	G	R	X	K	T	N	P	X	Z	A	D	E	E	R
L	E	U	Z	Z	J	X	X	G	I	H	H	A	P	I	I
E	K	O	U	M	C	X	N	T	K	F	S	Q	G	R	U
R	O	I	R	R	A	W	J	D	T	K	Y	U	T	V	I

```
Q V S T F Z J C E C Q B I U S W
U Y V M W U C Y S X U D W C S M
S U G I H T W P A T N P V R J S
U A S L L Z W U V D O F O B S B
O U J I C T K S I R G T Y U M T
L M D E H G W I O S C U I T S T
E W Y Y D I I P R E S J U Y W Y
V I V T N O W X T N O O C R D P
R Y N D O Z A O N P V I H R R E
A Z O I B I R W M B T Z L G J G
M C W H L P U F J S O F D R J D
C W Y X E S F P A E G L M M J I
A H G G B R N T H O K L D Y M E
P T C C M H N Q B V Y U H W Y X
E M B D K A U R M A N N P M Z V
H G U S F C D C V T P O F S F X
```

Cut & Paste Solutions

Color, cut, and create your hero

Color, cut, and create your hero

Color, cut, and create your hero

Printed in Great Britain
by Amazon